Tratado sobre MULHERES

Produção Editorial
Danielle Freddo

Tradução
Luís Carlos Cabral

Revisão
Rebeca Bolite

AGIR EDITORA LTDA. – Uma empresa Ediouro Publicações S.A.
Rua Nova Jerusalém, 345 – Bonsucesso – Rio de Janeiro – RJ – CEP: 21042-235
Tel: (21) 3882-8200 fax: 3882-8212/8313

CIP-BRASIL. CATALOGAÇÃO-NA-FONTE
SINDICATO NACIONAL DOS EDITORES DE LIVROS, RJ

K88t

Kostzer, Mario, 1959-
Tratado sobre mulheres : Cem pistas bem-humoradas para desvendar os mistérios da mente feminina / Mario Kostzer ; tradução Luís Carlos Cabral. - Rio de Janeiro : Desiderata, 2009.
il.

Tradução de: Tratado sobre minas
ISBN 978-85-99070-71-0

1. Mulheres - Psicologia - Humor, sátira, etc. 2. Humorismo argentino. I. Cabral, Luís Carlos. II. Título.

08-3890. CDD: 868.99327
CDU: 821.134.2(82)-7

Mario Kostzer

Tratado sobre MULHERES

Cem pistas bem-humoradas para desvendar os mistérios da mente feminina

DESIDERATA

Obviamente, às mulheres da minha vida

"Tudo o que os homens escreveram
sobre as mulheres deve ser
considerado suspeito,
pois são juízes e parte ao mesmo tempo."

POULAIN DE LE BARRE

"A força das mulheres reside no fato de
a psicologia não poder explicá-las. Os homens
podem ser analisados; as mulheres só podem
ser amadas."

OSCAR WILDE

SUMÁRIO

Apresentação

Os documentários sobre a vida dos animais às vezes prendem nossa atenção. Eles nos levam a admirar os sofisticados mecanismos de sedução que algumas espécies usam para se inter-relacionar. As pessoas que fazem estes filmes estudam minuciosamente o reino animal e nos deleitam com suas descobertas. Talvez fosse interessante usar o mesmo mecanismo de análise na espécie humana e ir desfiando uma a uma as rebuscadas e insólitas condutas da nossa espécie.

Por vários motivos, que não pretendo elucidar neste livro, a humanidade reservou para seus exemplares do gênero feminino um lugar que foi, ao longo da história, demar-

cado por características claramente reconhecidas. Muitos poderão dizer que esse não foi um lugar privilegiado, e polêmicas interessantes podem ser desenvolvidas a respeito. O fato é que, gostemos ou não, esse lugar está ocupado dessa maneira.

Este livro descreve cem diferentes exemplares femininos do gênero humano. Sim, amigo leitor, não se espante: considero a mulher parte do gênero humano. E caso queira se escandalizar ainda mais, posso afirmar que as considero absolutamente imprescindíveis. Nesses cem tipos de mulher não estão, logicamente, todas, mas acredito que quase todas. Será muito difícil para Você, leitor homem, não reconhecer alguma de seu entorno nestas páginas; e para Você, leitora – depois de uma primeira impressão negativa que a levará a defender o gênero –, será praticamente impossível não identificar atitudes próprias ou alheias que farão com que, cedo ou tarde, se reconcilie comigo (o Autor) e traga novas contribuições a essa modesta lista.

Homens néscios que acusais
A mulher sem ter razão,
Sem ver que sois a ocasião
Daquilo que culpais:

Se com ânsia sem igual
Solicitais seu desdém,
Por que quereis que ajam bem
Se as incitais ao mal?

Combateis-lhe a resistência,
E depois com gravidade
Dizeis que foi leviandade
O que fez a diligência.

(...)

Quereis, com presunção néscia,
Achar a que perseguis,
Se para noiva, Tais,
Se para amante, Lucrecia.

Que humor pode ser mais raro
Que o que, a falta de conselho,
Ele mesmo embaça o espelho
E sente por não estar claro?

Diante do favor e do desdém
Tendes condição igual,
Queixar, se vos tratam mal,
Zombar, se vos querem bem.

Opinião nenhuma vence,
Pois a que mais se recata,
Se não vos admite, é ingrata,
E se vos admite, é leviana.

Sempre tão néscios andais
Que com desigual nível
Uma culpais por cruel
E a outra por fácil culpais.

Como há de estar temperada
A que vosso amor pretende,
Se a que é ingrata ofende
E a que é fácil enfada?

Mas, entre o enfado e pena
Que vosso gosto refere,
Bem há a que não vos quer
E em boa hora vos condena.

Dão vossas amantes penas,
Aos seus vôos dão-lhes asas,
E depois de ruins torná-las
As quereis boas pequenas.

Qual maior culpa teve
Em uma paixão errada,
A que cai de rogada
Ou aquele que roga de caído?

Ou qual é mais de culpar,
Ainda que qualquer mal faça:
A que peca pela paga
Ou a que paga por pecar?

Por que, pois, vos espantais
Das culpas que tenhais?
Querei-as como as fazeis
Ou fazei-as como as buscais?

Deixai de solicitar,
E depois, com mais razão,
Acusareis a afeição
Da que vos for suplicar.

Bem com muitas armas fundo
Que lida vossa arrogância
Pois em promessa e instância
Juntais diabo, carne e mundo.

SOR JUANA INÊS DE LA CRUZ
(1651-1695)

1 A esposa

"É verdade que não a amo tanto como quando éramos namorados, mas é que nunca gostei de mulheres casadas."

PROVÉRBIO AMERICANO

"Não há nada como o amor de uma mulher casada. É uma coisa a respeito da qual nenhum marido tem a menor idéia."

OSCAR WILDE

Nasceu para desempenhar com lealdade e patriotismo esse papel. Foi doutrinada desde pequena por outra esposa, que a fez ensaiar com bonecas, brinquedos que simulavam um lar ideal e outros utensílios que a predestinaram ao futuro de grandeza que agora ostenta. Incentivaram-na a ser a "bonequinha" do grupo. Explicaram-lhe que a função de uma boa mulher era ser uma esposa. De vez em quando, um neurônio rebelde lhe exige outra função e pretende aspirar a uma vida diferente e – por que não? – melhor, pensamento que será sufocado imediatamente, colocando-a de novo em seu afortunado destino. Prometeram-lhe um príncipe encantado, mas, apesar de ter insistido à força de repugnantes beijos, quem está ao seu lado é um mero batráquio sem futuro. No dia em que pensou que não queria continuar sendo esposa, o espelho lhe deu um veredicto que sem dúvida foi inapelável.

2 A solteirona

"O casamento é como uma jaula; você vê pássaros desesperados para entrar e os que estão dentro também desesperados para sair."

MICHEL EYQUEM DE LA MONTAIGNE

Glória que se atinge depois de uma determinada idade sem ter conseguido estabelecer uma relação estável ou pelo menos alguma relação. Pode-se também chegar a ela por méritos próprios – é o que acontece na maioria dos casos – ou por uma deformação muito difundida que consiste em achar que nenhum homem vale a pena. Remédios passageiros como encontros de solteiros, *chats* para arranjar namorado, encontro às cegas etc., têm resultados díspares. A solteirona vive como solteirona e costuma morrer como solteirona, desprezando o vil objeto que perseguiu durante toda sua vida. Embora queira nos levar a crer que essa foi a sua escolha, na realidade, e apesar de tudo, foi sua condenação. Sua vida transcorrerá criando um cãozinho tipo p*oodle toy* ou similar que poderá usar para todas as vinganças possíveis.

3 A mal comida

Sua imagem reflete seu estado e todas as expressões de seu rosto, o tom de sua voz e até suas menores reações cheiram a sexo ruim. Transfere essa frustração para sua vida cotidiana e, lamentavelmente para aqueles que deverão agüentá-la, assumirá papéis que lhe permitirão ostentar poder e descarregará de maneira implacável suas privações... Pode ser encontrada entre docentes, gerentes, supervisoras, etc... Dificilmente chegará a ter uma boa relação sexual, mas, se isso acontecer – porque sempre haverá mercenários dispostos a tudo –, a expressão de seu rosto mudará sensivelmente, mesmo se for por algumas horas. Não apenas descarregará suas frustrações nos homens, mas também em outras mulheres e, em especial, naquelas que aparentemente estão bem atendidas. Sua situação dificilmente pode ser alterada, já que carregará para sempre a triste condição de "incomível".

4	A que entrega logo

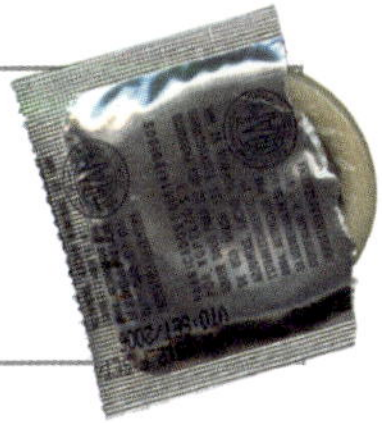

Esterzinha,
Hoje te chamam Milonguita,
Flor de noite e de prazer,
Flor de luxo e cabaré.
Milonguita,
Os homens lhe fizeram mal
E hoje você daria toda sua alma
[para vestir-se
De percal.

MILONGUITA
SAMUEL LINNING (1920)

Conforme o ambiente que freqüenta, pode ser conhecida como: "a ninfômana do grupo", "uma mulher avançada", "uma mulher bacana" ou, no pior dos casos: "*a puta*".

É uma informação da agenda telefônica que nunca falha, a cantada certa que nunca tem erro. Não é preciso investir muito para conquistar o apreciado prêmio nem tampouco pretender inventar nada que já não tenha sido usado. Não exigirá cantadas sofisticadas nem tampouco alguma insinuação criativa. Ela sempre aceita a encomenda. Se você odeia as comparações, ela não é o seu par ideal. A senhorita conhece... e muito. Esmere-se. A mulher que entrega logo lhe dará a certeza de que vai ter sexo, mas dificilmente será um sexo seguro. Não se esqueça de levar camisinhas.

5 A superior

Quer fazer crer que está acima de tudo. Diz que já experimentou de tudo. O mundo para ela é cheio de imbecis, e você, logicamente, é um deles. Suas atitudes mais mundanas se justificam pelo seu *status* de auto-suficiente. Faz idiotices de mulheres adolescentes porque, como nada lhe importa e ela é uma auto-suficiente, pode tudo. Olha você de cima.

Embora ignore tudo, tudo sabe. Atrás desse disfarce, há uma mulher comum e primária, louca para fazer coisas como todo mundo...

6 A gordinha dona da bola

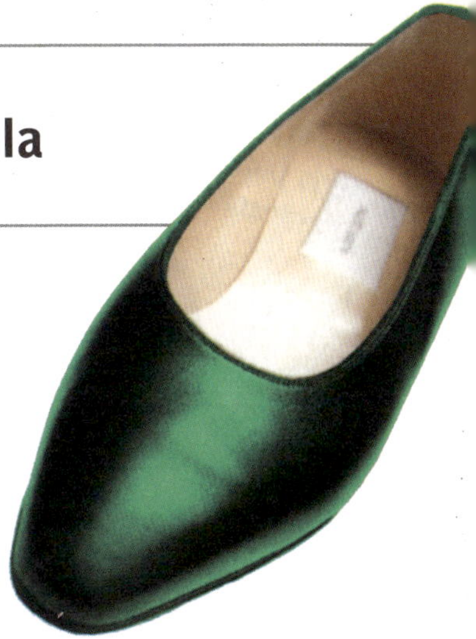

É craque em todas as disciplinas. A sua imagem pouco atraente e exagerada é compensada pela sua capacidade de se tornar dona absoluta da situação. Extorque as outras mulheres para que a convidem a uma vida social que nem sequer sonharia em ter por seus próprios méritos. Por isso, será a eterna dama de companhia de alguma mulher medianamente aceitável. Terminará frustrando qualquer tentativa com outras que talvez (sem a gordinha segurando vela) valessem a pena. É, geralmente, o equivalente de um daqueles trambolhos imensos que não se sabe onde colocar. Abortará – se não for incluída – qualquer situação excitante que se apresente a quem a estiver acompanhando. Além do mais, o que é uma característica bastante perniciosa, tem a ousadia de aconselhar as outras mulheres. Aparenta saber tudo a respeito de coisas que nunca experimentou e jamais experimentará. Se você é um filantropo ou precisa muito de calor humano, ataque!

7 A divorciada

"Para que nada nos separe, que nada nos una."

Pablo Neruda

Este é um ser complicado de se tratar, entender e suportar, embora seja facilmente reconhecível. Costuma ser um exemplar cobiçado por alguns "caçadores" que, à custa de tolerar o relato das desventuras vividas por ela com seu ex, perseguem uma aventura com aquela mulher. Assim que adquire o *status* de "separada" consegue, finalmente, encontrar utilidade para algumas partes de seu corpo; por exemplo, para aquele adorno que ostenta sobre o pescoço conhecido como "cabeça"... É ali que começa sua transformação: tinge o cabelo e, em alguns casos, faz um corte que jamais lhe teria ocorrido fazer quando estava casada ou mesmo ainda solteira. Agora é uma rebelde sem causa, uma liberada. Como resolveu viver tudo o que não pôde ao lado daquele que "desgraçou sua vida", o fará tonta ou loucamente, comportando-se, como é óbvio, algumas vezes como tonta e outras tantas como louca. Empreenderá negócios absurdos, pois precisa demonstrar que é capaz de tudo. No entanto, o que mais quer é que seu ex saiba que ela pode sem ele ou, pior, que não podia justamente "por causa dele". O resultado será patético e, diante do fracasso de suas insólitas iniciativas, terminará mostrando as garras para tirar dele tudo o que puder. O sucesso da divorciada deveria ser, necessariamente, a ruína de seu ex, embora culmine na patética decadência dela mesma.

8 A *fashion*

Para algumas mulheres, a moda é uma espécie de seita absurda que impõe a seus seguidores sacrifícios e exigências muito cruéis. Se estas não são acatadas devidamente, os deuses se enfurecem de maneira selvagem com as transgressoras.

Fiéis seguidoras desta louca fé, as mulheres aceitam suas premissas e adaptam suas vidas a elas, colocando em risco patrimônios próprios e alheios para não ser excluídas deste credo que lhes promete um mundo absurdamente melhor. Obviamente, nesta corrida louca em direção ao nada, poderemos vê-las exibindo ridículas e incômodas peças porque a moda assim determinou. Animaizinhos inocentes, poderão morrer vitimadas por cruéis sacrifícios destinados a prover de extravagante aparência a mulher com aspirações a ser *fashion*. Estas mulheres estão anestesiadas para todos os tipos de incômodos e sofrimentos. Vale tudo para chegar ao seu objetivo. Usarão óculos de sol à noite porque combinam com brincos pesados, saltos altíssimos mesmo tendo de caminhar durante horas, botas até no verão, um suéter sem mangas no inverno e todo tipo de instrumentos de tortura que provoquem a admiração de parte de seu desequilibrado entorno.

9	A histérica

Suas propostas disparatadas podem se alterar imediatamente. Imprevisíveis. Inconstantes. Simpáticas e antipáticas, liberadas e às vezes conservadoras. Modernas e antiquadas. Exibicionistas e terrivelmente recatadas. O prazer da histérica está em ir e voltar ao mesmo tempo. Experimenta um mórbido prazer em esquentá-lo e não ir adiante. Uma magnífica bunda será insinuada por uma saia provocante e simultaneamente coberta por um paletozinho. Peitos perfeitos lutarão para escapar de um audacioso decote e serão escondidos por um maldito lencinho. Suas ostensivas afirmações de que é a campeã do amor livre contrastarão com a autodefinição de mulher decente: "Quem você acha que eu sou?"

Recomendação: se você não tiver uma boa bússola, fuja ou ficará louco.

10	A coroa pirada

"Como confiar em uma mulher que lhe diz sua verdadeira idade? Uma mulher capaz de dizer uma coisa dessas é capaz de dizer tudo."

OSCAR WILDE

A coroa pirada certa vez deu dois berros e, pela condição de "inimputável" que a sociedade confere a estes seres antipáticos, conseguiu se sair bem da situação. Por isso, explorará essa condição e, é claro, abusará dela sempre que puder. Acha que pertence à nobreza, trata mal as pessoas e, acima de tudo, este ser difícil de suportar é absolutamente ridículo.

A coroa pirada ganha força no convívio com outras coroas piradas que a contagiam com comportamentos ridículos ou a induzem a fazer tratamentos médicos extravagantes. Por seu aspecto e suas opiniões ou intervenções, este exemplar de mulher em decadência o fará sentir aquela sensação de vergonha alheia. Tente manter distância de seu círculo íntimo, já que nele a vergonha poderá ser sua.

11 A viciada em bricolagem

Mulher que sempre carrega ferramentas. É reconhecida pelas mãos e, geralmente, vive com as unhas destroçadas e com restos de cola ou tinta. Sua casa é o museu do *kitsch*, onde exibe suas últimas criações: um vaso feito com restos de cigarro, uma roda de bicicleta transformada em porta-retratos, uma velha mesa revestida com papel de jornal, porta-copos tirados de solas de sandálias velhas, excessivamente usadas e desgastadas, e seu orgulho: uma luminária de pé construída a partir de restos de escovas de dente e fósforos usados... A mulher viciada em bricolagem sabe que nada se perde, tudo se recicla (em novo lixo, é lógico).

Não é recomendada para relações formais já que, mais cedo ou mais tarde, pode querer dispor de você para suas disparatadas experiências de bricolagem – e aí seu ambiente de trabalho ou seu carro correrão perigo.

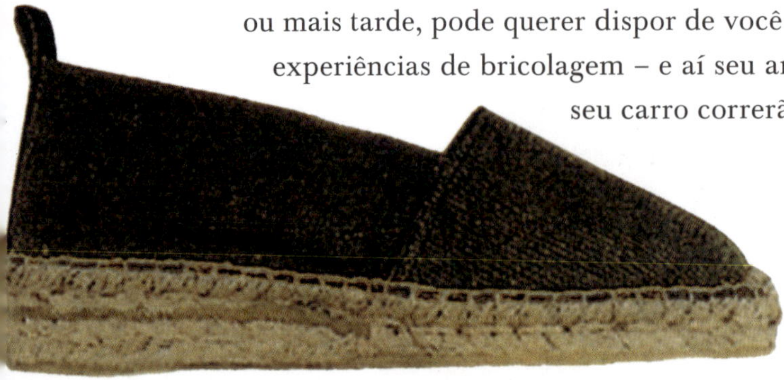

12	A largada

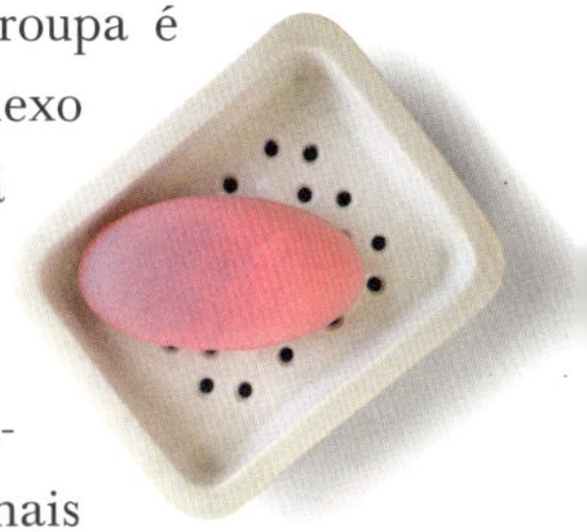

Nada lhe importa. É suja. Sua roupa é um desastre. Sua casa é um reflexo da sua personalidade. Saquinhos de chá pendurados nos canos. Pratos com comida de duas semanas. Cheiros ruins. Suas axilas e pernas peludas o deixarão complexado ao ver que é mais imberbe. Com tudo o que foi descrito, o que dizer de seu banho? Se decidir sair com um destes seres, trate de não convidá-la para comer. Além de espalhar comida por toda parte e derramar a bebida, seus modos lhe provocarão engulhos. A intimidade com uma mulher largada só é recomendável para aqueles que gostam desta forma especial de perversão.

Você decide.

13	A modelo

"As mulheres precisam da beleza para ser amadas pelos homens e da estupidez para amar os homens."

Coco Chanel,
estilista francesa
(1883 – 1973)

"Você é a mulher mais linda que vi em toda minha vida, o que não diz muito a seu favor."

Groucho Marx

O mundo se pergunta: "Modelo de quê?", mas elas se auto-intitulam modelos e serão os "*modelos de mulher*" que nossa sociedade promoverá. Ocupam espaços generosos em vários meios de comunicação. Cultivam sua imagem com unhas e dentes e evitam qualquer referência intelectual, porque, simplesmente, são incapazes de compreendê-las. No entanto,

aprendem o nome de algum autor, porque pega bem para sua imagem; e então as ouviremos dizer que estão lendo Osho ou Bucay. Precisam cuidar de sua estampa: este é seu negócio e, ao mesmo tempo, o produto comercializado por sofisticados gigolôs modernos agora chamados de "agentes de modelos". Os sacrifícios a que se submetem para se manter são realmente perversos. Você poderá ouvir histórias de modelos que tomam laxantes ou diuréticos minutos antes de um desfile para que a roupa lhes caia melhor.

Embora pareça que tudo lhes sorri, sua vida não é fácil.
Tampouco deve ser fácil aturar um bicho desses.

14 A sabe-tudo

A sabe-tudo não ouve. É auto-suficiente e, mesmo convencida de que está fazendo uma estupidez, ela ataca. Costuma manter relação com um idiota que a admira justamente por isso.

Seu grito de guerra é:

“Eu não disse?!”

Não discuta nunca com ela. É inútil. Suas perguntas são agressivas e tratam sempre daquele tema sobre o qual a pessoa não quer nem falar mas ela adora remoer. A sabe-tudo está sempre competindo. Se você gosta de perder, ela será sua cara-metade.

15 A dócil

A função do questionamento foi arrancada de sua personalidade.

Aceita tudo. Chega a aborrecer, de tão simples e obediente. Consultará seu namorado sobre absolutamente tudo, desde decisões irrelevantes até o sentido de sua vida sem graça. As pessoas abusam de sua condição e será muito difícil mudar isso. Como supremo ato de rebeldia, um dia mudou seu penteado e imediatamente foi rejeitada por seu entorno castrador, que a submeteu a cruéis e sutis formas de castigo.

16 A ideal

Este é um espaço a ser preenchido pelo leitor. Sugerimos algun características que podem ser apontadas como ideais:

> **"Em geral, as mulheres fantásticas são uma ilusão de ótica."**
> PETER ALEXANDER USTINOV

> **"Há tantas mulheres lindas, mas não há perfeitas."**
> VÍCTOR HUGO

CARACTERÍSTICA
Não questiona nada
Aceita nossa vida assim como é
Tem boas relações com minha família
Cozinha bem
É linda
O sexo com ela é genial
Tem amigas lindas e não é ciumenta
É herdeira de uma grande fortuna
Aceita meus amigos
Está com a gente só quando queremos
Faz boas massagens
Se dá bem com minha mãe
Fala pouco
Não pensa
É órfã
Me proporciona alguma satisfação indecifrável

	GOSTO	NÃO GOSTO

17	A perita

Uma variedade da sabe-tudo. É capaz de ter em sua bolsa os mais inverossímeis instrumentos, desde alicates sofisticados até uma lanterna de seis pilhas grandes. Embora às vezes possa tirá-lo de apuros, outras tantas poderá levá-lo a fazer um papelão descomunal. É apaixonada por todas aquelas questões tecnológicas que você desconhece. Útil para ser levada à estrada quando seu carro está se decompondo. Se você está precisando de uma ferramenta destas, pense seriamente.

15	A fofoqueira

"As mulheres são segredistas por natureza, e gostam de praticar o segredo por sua conta."

Sir Arthur Conan Doyle

Vive para saber o que o outro faz e às vezes é a juíza de todos os atos do próximo. Espalha a fofoca junto com a sentença que usa para destruir eventuais arruinados moralmente. Montou em sua casa uma verdadeira agência de notícias. Recebe permanentemente informações e as passa adiante com um comentário mais "picante". Faz com que acredite que só está contando uma determinada história para você, pessoa merecedora de sua confiança, e assim vai transmitindo-a para todo mundo. A fofoqueira vive em função do próximo e sua própria peçonha pode acabar matando-a um dia.

19

A anoréxica

"Adoraria ser tão magrinha como as pessoas que vivem na África, mas sem as moscas nem a sujeira, e nada disso."

KATE MOSS

Aquilo que começou como uma besteira qualquer acabou transformando-se em uma mórbida obsessão que cultiva dia a dia. Sua imagem patética impressiona e provoca rejeição. Seu caráter é um fiel reflexo desta situação. O que acontece não é brincadeira. Previna-se adequadamente lendo livros sérios sobre o tema.

20	A louca	

"As mulheres são como os cata-ventos, que só ficam quietos quando enferrujam."

VOLTAIRE

"Louca, me chamam meus amigos que são apenas testemunhas de meu amor leviano. Louca... O que sabem o que sinto nem que remorso se esconde dentro de mim?"

LOUCA
ANTONIO MARTÍNEZ VIÉRGOL
(1922)

Certamente a mesma coisa que lhe agrada na louca é aquilo que mais a desagrada. Imprevisível. Irascível. Simpática e antipática. Fogosa e frígida ao mesmo tempo. A louca é várias mulheres em uma só, embora você não deva achar que por ter uma delas tem várias mulheres. Não se sinta polígamo. Sua vida pode acabar sendo uma tortura já que ela vem sem o manual que lhe diria que papel assumir ou como fazer para desativá-lo. Descobrir isso implica sérios riscos para sua saúde mental.

21 A *new age*

Dedicada a questões sofisticadas que lhe conferem um estilo de vida, a mulher *new age* pratica ioga, devora todas as publicações esotéricas que caem em suas mãos, se inscreve em qualquer curso de terapias alternativas que lhe recomendam, medita, relaxa e o leva à exasperação. Sua alimentação é *light*. Não vai ao médico. Sua cura vem de outra forma. Faz com que você se sinta um ser contaminado. Ouve música celta cujos agudos perfuram não apenas os tímpanos. Coloca incensos asquerosos em sua casa e se perfuma com fragrâncias vomitivas. É possível que use algumas técnicas da sexualidade oriental e por isso a experiência com ela – se é que você está disposto a passar pela cerimônia prévia – pode ser interessante.

22 A machona

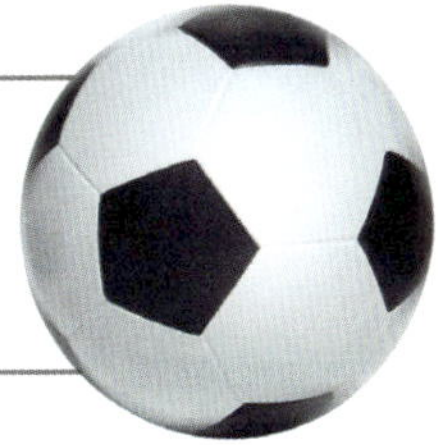

"O papel das mulheres no progresso da civilização é muito maior do que o do homem e por isso elas deveriam desenvolver suas aptidões de acordo com sua natureza, sem imitar os homens."

ALEXIS CARREL

Tudo começou naquela vez em que o time dos meninos estava sem goleiro e ela acabou sendo a artilheira da partida. Sabe tudo sobre carros e conversa de igual para igual com o mecânico. No estádio, xinga com todas as letras e conhece melhor do que você os lugares barra-pesada. Nunca usa vestido. Seu cabelo é muito curto e não lhe ocorre gastar com maquiagem. Certamente, quem for para a cama com ela terá mais de uma surpresa; ao entrar no quarto, por exemplo, ela poderá lhe dar uma boa passada de mão na bunda. Bem, o mundo não é dos audazes?

23	A mãe

Desde pequena foi educada com bonecas, carrinhos, berçinhos e todo tipo de apetrechos que definiram sua personalidade e seu destino irreversível.

Não existe outra tarefa na sua vida a não ser a de mãe. Quando a anatomia não lhe permitir mais, terá alguns bichinhos de estimação, mas até lá passará as vinte e quatro horas do dia correndo atrás de seus filhotinhos, não importa que idade tenham: seu instinto maternal estará sempre em estado de alerta.

Durante sua fase ativa, intervirá a cada etapa do desenvolvimento de seus filhos e em alguns momentos chegará a asfixiá-los. No dia em que as crianças "partirem", o vazio se tornará tão imenso quanto sua própria vida e então talvez decida "criar" um marido.

Embora se repita a frase "mãe é uma só", há diferentes tipos e formas de mãe:

A ídiche mama

É um cobertor que o acolhe e protege. O problema é quando faz calor: você não sabe onde colocá-lo.

A moderna

Dá tanta atenção aos filhos como aos eletrodomésticos.

A castradora

Os filhotes não devem voar jamais.

A sexy

Objeto do desejo dos companheiros (dos filhos, óbvio). É melhor não exibi-la.

A profissional

Se a professora de seu filho quiser falar com ela, deverá lhe pedir uma reunião. Os filhos foram um acidente.

A violenta

Uma boa surra a tempo vale mais do que mil palavras.

A dedicada

Sua vida é por e para seus filhos; embora já sejam grandinhos, vive atrás deles.

23	A mãe

A que teme os filhos

Os filhos a dominam e tem medo deles. Fará tudo o que eles mandarem.

A mãe do próprio marido

Ser cuja existência é absolutamente desnecessária.

A que é mãe de um único filho

Os outros são enfeites. Ela só está programada para um único filho(a) e dá a vida por ele(a).

A que deixa fazer

É a que não se importa nem um pouco com as besteiras que seu filho está fazendo.

A escatológica

Enfia a mão sem nojo em lugares inconfessáveis e prova coisas que os mortais comuns desprezariam.

A apressada

No dia em que soube que estava grávida comprou um berço e daí em diante seu tempo foi administrado na correria.

A avó

Vive invadindo jurisdições.

Você não se lembra de que ela também é mãe?

Carrega como ferramenta de trabalho fotografias de netos na carteira e as usará para provocar outras avós.

24 A asquerosamente doce

É reconhecida por suas roupas de tons pastel. Maneiras suaves, voz quase imperceptível. Mal come. Ao seu lado, até a pessoa mais fina parece um barra-pesada. Usa todo tipo de recurso para preservar sua beleza. Suas mãos nadam no ar enquanto explica algo com doçura, com muita doçura...

Você se pergunta como ela se relaciona na rua com o verdureiro, o encanador ou um transeunte qualquer. A resposta do imaginário coletivo sempre leva a pensar que tem uma vida dupla e que em outros ambientes se solta e tem de fato uma fera enjaulada dentro de si.

25 A inapresentável

Se você precisa ir a uma festa chique ela não é companhia recomendável. É apta, sim, a freqüentar estádios de futebol ou fazer uma visita ao mecânico, com quem conversará de igual para igual.

Tenha cuidado se a levar para passear em seu carro: feche as janelas! Pode sair do tom com algum daqueles irreproduzíveis adjetivos que você jamais se atreveu a dirigir a um transeunte ocasional e depois fazer com que você se veja envolvido numa briga que nunca procurou. Se tal situação for inevitável, deixe que ela a administre e se retire em silêncio; será sempre mais digno.

Se lhe ocorrer fazer sexo com ela, prepare-se para novas práticas. As contra-indicações para esses casos dizem que depois de tal experiência seus gostos poderão mudar radicalmente – e até mesmo sua opção.

Não diga depois que não o avisamos devidamente.

26 A sofisticada

Aquilo que para você é ridículo para ela é sofisticado, e isso se refletirá em sua indumentária. Aqueles óculos espantosos que você descartou podem ser o grito da moda. Usa botas no verão. Tem um bichinho de estimação diferente. Remará sempre contra a corrente, então, por favor, não pense que é uma mulher *standard.* Comprará um livro que ninguém lê, se sentará em algum bar e de maneira bem ostensiva o abrirá para que todos saibam que é uma mulher fora do comum. Fará cursos extravagantes e tentará aprender alguma língua morta. Se uma dessas se fixar em você, repense sua vida.

27	A oncinha

Ao tigre não faz mal uma mancha a mais e a este curioso exemplar de mulher em permanente estado felino tampouco. Ela usa e abusa de estampados de tigre, onças e outros bichos semelhantes em sua pouco imaginativa indumentária. Obviamente, acha que através deste estilo – e só dele – será uma mulher fatal e a fatalidade repousa unicamente em seu mau gosto. Apesar de seu peso excessivo, a oncinha insistirá nesses tecidos para suas blusas, seus artigos de couro e mesmo sua roupa íntima – e com isso as manchas felinas aparentemente tão atraentes passarão a ser pateticamente redondas.

28 A grávida

A gravidez é um estado que altera uma psique já por si só alterada e transforma a mulher em questão em um perigoso ser que manipulará todo incauto que se aproxime submetendo-o às tarefas mais insólitas. O artifício do desejo pode fazer com que você se veja às quatro da madrugada correndo pela cidade à procura de morangos sob o pretexto de evitar que a criança nasça com uma vergonhosa mancha vermelha na testa. De repente pode destruir seu momento de tranqüilidade com uma pergunta inquietante: *"Será que o bebê está bem?"*

Você, é claro, responderá: *"Claro, bobinha, por que não estaria bem?"* A partir daí a preocupação será exclusivamente sua, mas não faça a loucura de exteriorizá-la. Pode ser obrigado a lidar com uma crise insuportável.

29 A insatisfeita

Não há nada... que lhe satisfaça.

Se depois de uma extraordinária noite de paixão em que você arrancou de seu ser virtudes que jamais sonhou ter e exibiu uma virilidade fora de série ela reclamar que as flores não eram as corretas, não se surpreenda: está diante de um desses exemplares. Saiba que sempre lhe faltará algo. Não corra atrás de suas pretensões. É absolutamente inútil. Se tirar um mês de férias, ela protestará por não serem dois. Tudo tem seu lado relativo e você está naquele que lhe oferece a pior parte. Conheça-o a tempo para não se angustiar.

30 A culpada

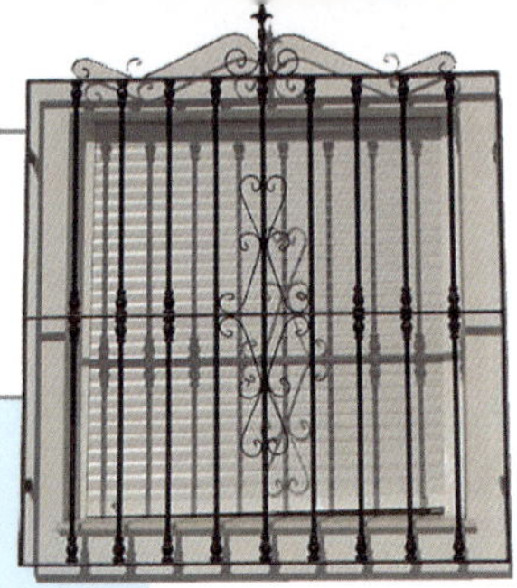

A culpada geralmente sente prazer com suas culpas e também as transfere. Compartilha-as de maneira muito generosa. Pode responder assim a uma proposta interessante que você lhe fez: "*E como eu irei encarar meus pais depois?*" Se você resolver insistir e, além disso, tiver sucesso no convite, a culpa será obviamente sua. A culpada adora chorar na sua frente para que você veja quão culpada se sente e de passagem comece a se sentir culpado por ela estar daquele jeito. Não tente fazer o papel de psicólogo. Sairá frustrado.

31 A vítima de cirurgias

Aquilo que começou como brincadeira se tornou um vício e agora quando se olha no espelho nem se reconhece mais. Lábios exageradamente carnudos, maçãs do rosto pontiagudas, abdômen rebaixado à custa de lipoaspirações.

As fotografias de seus documentos exibem uma pessoa com a qual não tem nada a ver. É como ter ao seu lado uma caricatura da versão feminina de Michael Jackson. Verifique se seu estômago consegue suportar.

32 A complexada

"*Já sei, estou gorda!*" Esta será uma das prováveis frases que usará ao se apresentar em um dos ambientes ao qual se atreva a ir. A complexada esconde ou revela de maneira nua e crua todos seus complexos. Pode tentar esconder o motivo de sua desgraça ou simplesmente expô-la de forma ostensiva e provocadora. O certo é que nenhuma das duas situações passa despercebida.

33 A *diet*

Ao convidar um exemplar destes para jantar você se sentirá um porco, a não ser que resolva embarcar na dela e se alimentar com a comida para passarinho que a moça ingere.

Se ousar presenteá-la com bombons, escolha-os pela caixa, que será a única coisa que ela conservará para guardar o gérmen de trigo ou alguma daquelas nojeiras com as quais diz desfrutar a vida. Sua casa é cheia de tabelas com dietas grudadas na porta da geladeira. Seu passeio favorito é a gôndola de iogurte dos supermercados.

Não sabe o que significa comer bem. Sua vida estará sempre a serviço da dieta.

34 A produzida

"Há dois tipos de mulheres: as feias e as que se pintam."
Oscar Wilde

Uma farsa total. Produto da cosmética e de enganosos artifícios de indumentária que moldam a pobreza de seu corpo a fim de enganar qualquer incauto que cruze com ela. A produzida se produz em tudo, inclusive em sua forma de ser, que é uma pose permanente que não lhe pertence e a qual também chega artificialmente. Depois de explorá-la, você descobrirá o engano. Procure ter intimidade às escuras. A frustração talvez seja menor.

35 A provocadora

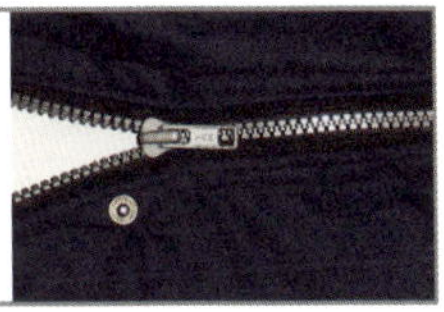

Aquela que só deixa em banho-maria. Coloca sem parar lenha na fogueira e se deleita observando os abutres que aguardam o bocado que ela nunca os deixará provar. É, em síntese, uma histérica, e se, ainda por cima, está em forma, é uma grande filha-da-puta que tem prazer em nos ver sofrer. Se for sair com uma destas, use calças folgadas para que não fique aparente o prejuízo causado. Masturbe-se três vezes antes de sair para estar o mais frio possível e poder resistir com fidalguia ao embate.

36 A mulher de papel

Ataca. Triunfa. Ganha. É sexy. É linda. É o máximo. Domina qualquer situação. É uma mulher de hoje e, por que não, é também a mulher do amanhã. Seu estilo é a moda de agora. É o que toda mulher quer ser. É o que se deve ser. Ninguém a ignora. Todos a apreciam.

É uma ilusão... Uma fantasia de uma fracassada lendo patéticas revistas que abusam e zombam de sua estupidez.

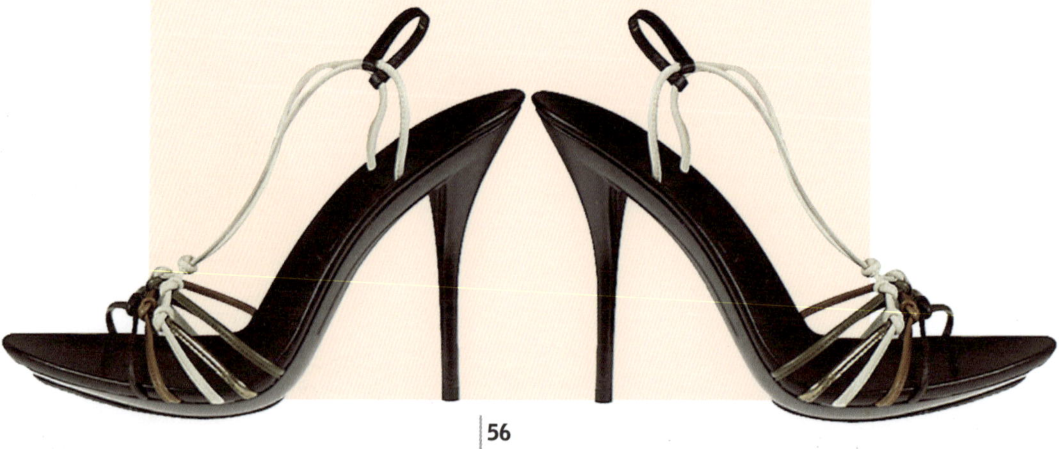

37 A feia

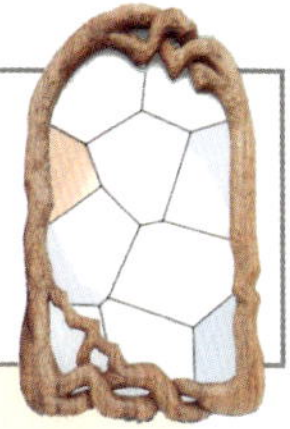

"Se você quer saber o que uma mulher diz realmente, observe-a, não a ouça."
OSCAR WILDE

Marginalizada, desprezada, eterna frustrada. A vida lhe armou uma peça, e não pode revertê-la. Em suma, poderia chegar, de maneira geral, a ser classificada como simpática, já que não tem a menor possibilidade de ser eleita rainha ou princesa de nada. Sua vida transcorrerá entre a dor e o desespero. Escolha o dia em que estiver querendo fazer uma boa ação e lhe faça um galanteio – estará devolvendo-a à vida.

38 A simpática

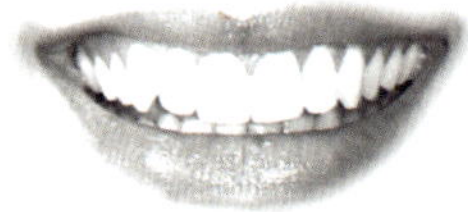

Quando a apresentam, louvam suas incontáveis virtudes, destacando SEMPRE sua condição de simpática. Na realidade, é uma sobra de liquidação que ninguém escolheu e que um amigo caridoso resolve promover para desgraça sua. É o risco dos encontros às escuras. Tomar as devidas precauções sempre ajuda a evitar este tipo de frustração.

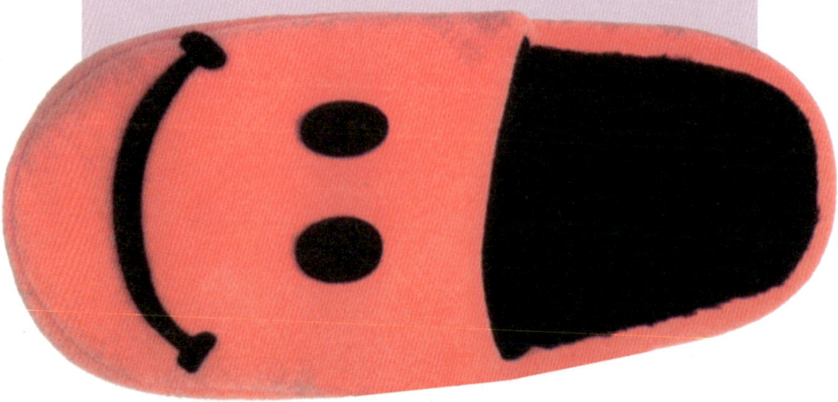

39 A coroa sem-vergonha

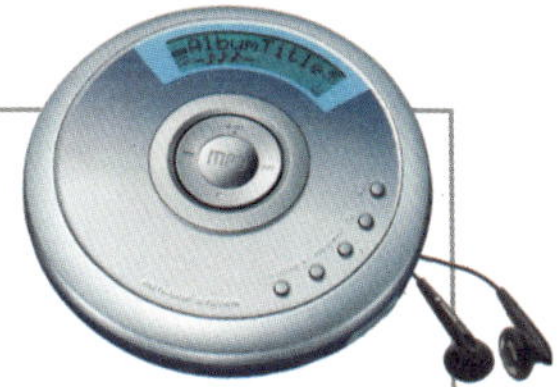

Rouba as roupas das filhas e às vezes até das netas. Perdeu o pudor. Algum pervertido a fez acreditar que continua muito bem e ficou com uma impressão errada. Comenta com uma das filhas: *"Como você está gorda! Por que não faz como eu e se cuida?"* Vive se comparando com gente muito mais jovem.

Às vezes simpatiza com os amigos dos filhos sem se importar com a vergonha que estes vão passar. Apesar de querer negar o apelido de coroa sem-vergonha e achar que é só uma sem-vergonha, acaba sendo uma velha patética sem saída.

40

A *habitué* dos salões de beleza

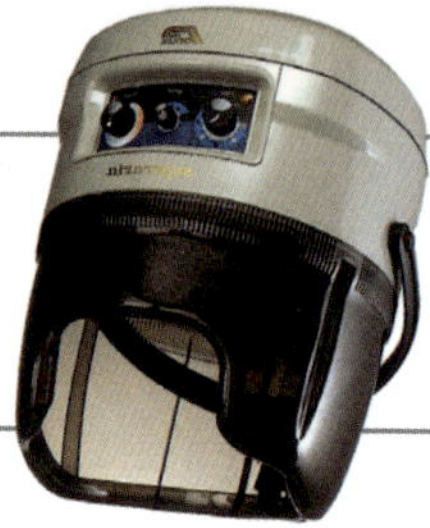

Não há sexo no salão de beleza porque o *coiffeur* é homossexual e já descartou um par de ofertas. Todo o resto é feito lá. Depila-se até o indepilável. Faz com que se penteiem até os pelos do nariz. Quando se cansa de pintar suas unhas com uma cor, experimenta dez cores diferentes (tem um total de dez dedos na mão para experimentar e outros tantos nos pés). Vai ao salão quando está deprimida e também quando está eufórica. Experimenta absolutamente todos os produtos que lhe oferecem ali sem se importar com o preço e os efeitos indesejados. O salão é o habitat natural desse bicho. Não encontra felicidade em outro lugar.

41 A vendedora de roupas

"Se as mulheres se vestissem para os homens, as lojas não venderiam muito. Em suma, um par de óculos escuros de tempos em tempos."

GROUCHO MARX

Mentirosa sagaz, a vendedora de roupa é parte da fauna feminina. Conhece a psicologia de sua vítima e sabe com enrolá-la vendendo-lhe peças ridículas com as quais promete conquistas maravilhosas. Sabe também que sua vítima – eventual compradora – só acredita nela porque abusará dessa condição.

Estas são algumas frases típicas da vendedora de roupa:

– O preto emagrece.

– É impressionante como este tecido a emagrece.

– Isso é usado assim, grande, está vendo?

– Não importa; você então não viu como deve usar...?

– Realça seu bumbum.

– Aumenta seu busto.

– Está se usando muitíssimo, você deveria levar.

– Sua amiga já comprou um.

– Ontem uma turista européia levou três destes.

– O que acontece é que você está usando uma blusa muito grossa por baixo.

– Se soltá-lo um pouquinho...

– As jaquetas são usadas assim, pequenas, ajustadas.

– Depois cedem.

– Você está muito sexy com isso!

42

A sindicalista

Começou gritando “liberdade total” e acabou sendo a mais desconfiada de todas. É a que vive falando mal dos homens, seres, decerto, inalcançáveis para ela.

“*Não me iludem mais*”, é seu grito de guerra e com isso desperta a atenção de outras que acreditam que estão abrindo a cabeça. Vive armando confusão e pisa fundo. É muito saudável mantê-la a distância.

43 A mística

"Deus é para os homens, e a religião para as mulheres."

JOSEPH CONRAD

Pesados colares cheios de simbologia pendem entre seus peitos tentando equilibrar o sagrado e o profano. Dona de quantas verdades cruzarem por seu ser, ela se agarra a todas e sai propalando-as em todos os lugares. Amante de metáforas que descrevem prováveis apocalipses dos quais ela está a salvo por sua conduta exemplar. Se você não é dos que aderem com facilidade a estas mensagens, se abstenha.

44	A mulher de...

Dependendo de quem seja, será disponível ou não. Se for a mulher de seu chefe ou de alguém de quem dependa, tente não se interessar. Se for gostosa e mulher daquele punheteiro barrigudo com cara de imbecil, até pode arriscar uma cantada: *"Você por aqui, quem diria?"* Existe uma longa lista de restrições a considerar conforme o caso da mulher de... É como se fosse sua irmã. Recomendo uma exaustiva reflexão a respeito.

45 A precavida

A sabedoria popular diz que um "homem precavido vale por dois", mas deveríamos acrescentar que uma mulher precavida vale por quatro. Sua bolsa é o receptáculo de incríveis ferramentas, tais como lanternas, alicates, chaves de fenda, produtos de beleza, algodão, um saquinho, guarda-chuva, apetrechos vários de uso incerto e alguns recursos para reforçar a cosmética feminina. Nada poderá encontrar a precavida desprotegida. É uma espécie de completíssimo estojo de primeiros socorros ambulante.

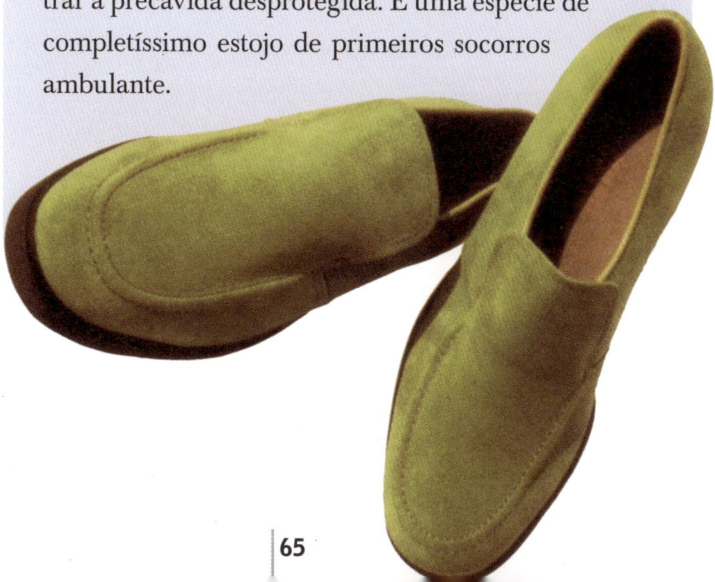

46 A megera

"Quando as mulheres se beijam, lembram sempre lutadores profissionais de boxe trocando um aperto de mão."
HENRY-LOUIS MENCKEN

Conhece todos os mecanismos que podem servir para destruir a harmonia do próximo.

Administra insinuações e comentários ácidos com rara maestria. É um escorpião esperando nosso momento de fraqueza para dar a ferroada – faz parte da sua natureza distorcida. Desempenha com espantosa maestria o papel de sogra, pois parece ter nascido para ele.

Todos são inimigos da megera: homens e mulheres, embora tenha desenvolvido uma sensibilidade especial para destruir suas congêneres, com o que tem especial prazer.

O melhor é não existir para elas.

Impossível querer ser seu amigo.

47 A vazia

É inútil o esforço para entabular uma conversa medianamente razoável com ela. Não vê que não entende? Tudo é complicado. Se não compensar com algum grau de beleza física, você estará condenado ao mais duro dos fracassos de sua vida.

Se, pelo contrário, a natureza lhe presenteou um par de peitos decentes, um traseiro interessante e uma cara mais ou menos passável, conseguirá chegar a algum lugar, talvez a uma passarela.

Uma recomendação para caso ela queira abrir a boca e dizer alguma coisa:

• Imagine uma forma engenhosa de evitar a conversa tapando a tal abertura, substituindo a triste sessão de tortura por uma de prazer.

• Anote a idéia para desenvolver o tal pensamento como uma contribuição à história do *Não pensamento.*

• Resigne-se.

48 A intelectual

Há ambientes em que seduz e outros onde passa por imbecil. A intelectual o será quando e sempre que se preocupar em demonstrar e tornar conhecida sua condição. Vive corrigindo o próximo. Discute até o indiscutível. Sua imagem deve incluir, necessariamente, óculos, algum livro e algo que nos demonstre, de maneira suficientemente perceptível, que, além do mais, é uma mulher do mundo. Geralmente, por alguma das misteriosas leis das compensações, as intelectuais acabam se relacionando com pessoas absolutamente opostas que fizeram acrobacias para simular o que não são e que serão "vendidas" como um ato de sofisticação seu. Procure não ser você o indivíduo descrito oportunamente.

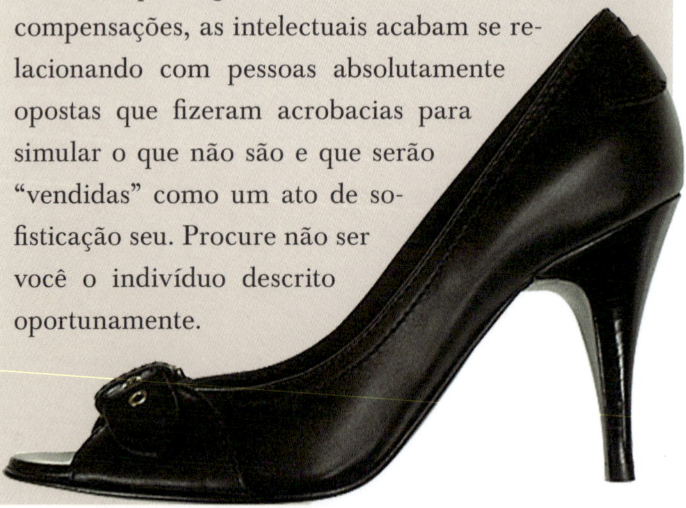

49 A perdedora

A companhante eterna de mulheres que puderam ter acesso a outro tipo de destino, a perdedora será sempre a amiga da... a companheira ou companhia da... mas nunca a principal.

Ser perdedora acaba sendo uma atitude diante da vida. É muito difícil saber se são perdedoras porque são feias ou se se tornaram feias porque são simples perdedoras.

A perdedora tentará tudo, e o resultado será sempre o mesmo: um desastre.

50 A bajuladora

Se você topar com uma destas, não ache que é um vencedor ou que seu perfume está arrasando. Baixe a bola e volte à realidade. Reprima a excitação, já que a bajuladora não pode falar com você sem tocá-lo. Toca, e com seus gestos promete – mas nunca cumpre. Quando o saúda, tasca um ruidoso beijo que é quase uma mordida e se dependura de maneira contundente em seus ombros massageando-os mais afetuosamente. Eterna aquecedora. Não se limita a tocar os homens, também o faz com as mulheres, incrementando assim a promessa nunca cumprida de algum momento interessante. Geralmente, e como ferramenta de tortura, acompanha seus procedimentos com eróticas fragrâncias que deixam os ambientes impregnados, assim como as partes de nossos corpos e roupas que foram tocadas.

O resultado será sempre o mesmo. Muito barulho para nada. Talvez lhe sirva como motivadora de um agradável momento de solidão.

49 A consumista

"As mulheres não passam de órgãos genitais articulados e dotados da faculdade de gastar todo o dinheiro do homem."

WILLIAM FAULKNER

Se você tem uma destas em casa, quando tiver de sair escolha, para proteger seu patrimônio, lugares descampados, desertos e "venda-os" pela extravagância. Comente que algum milionário está passando o verão ali. A consumista comprará tudo e em todos os lugares. Não se importará com o pagamento da despesa e nem com os esforços que terá de fazer para isso. A questão é *ter* e, obviamente, depois *mostrar que tem*. Até mesmo você é mais um objeto de consumo. Tenha cuidado. Quando seu bolso ficar vazio, será descartado sem contemplações, como se fosse um velho eletrodoméstico imprestável.

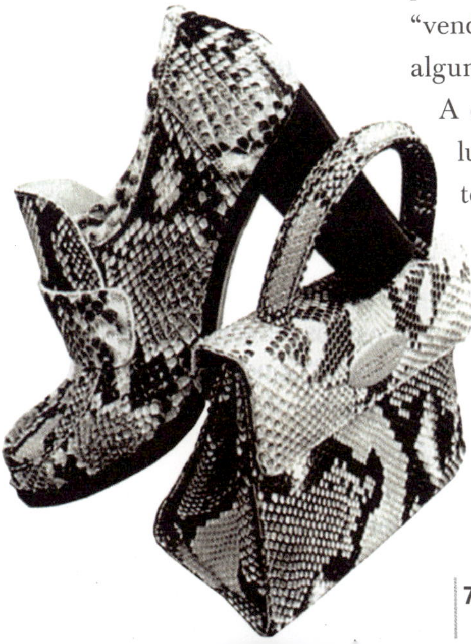

52 A que está à toa

Seu dia começa depois das 10 da manhã, se é que é de madrugar. Sua atarefada jornada inclui um estúpido tratamento de beleza com sessões de bronzeamento, pilates ou algum outro método que estiver na moda. Ao final do dia, chega à conclusão de que, como está morta de cansaço, mereceria tirar férias e diz a sua família que, se está com fome, prepare o jantar.

Seu uniforme inclui uma agenda, elemento tão à toa como ela própria, na qual anotará, entre compromissos com Paulo Coelho, ligações telefônicas que tem de fazer a sua manicure ou a sua mãe, outro ser que também vive à toa e com quem aprendeu os perniciosos maus exemplos que moldam sua interessante existência.

Às vezes, por estar à toa, resolve ir às compras, o que acaba sendo bastante prejudicial.

Fica claramente perigosa quando, à toa, resolve "pensar"; aí você corre o risco de voltar para casa e ter de ouvir:

- Querido, decidi colocar cortinas em volta da privada.

- Meu amor, olhe que linda pátina fiz no volante do seu carro.

Ou, simplesmente, uma coisa que quando os homens ouvem começam a tremer:

- Querido, eu estou pensando em...

Se você tem uma destas, procure uma maneira econômica de mantê-la ocupada.

53 A irmã

É, foi e será virgem e intocável. Inimputável.

Não está disponível para amigos, clientes ou fornecedores.

Se aparecer um vagabundo com intenções difusas não vacile: investigue.

Uma irmã é um santuário inexpugnável, a menos que seja um caso perdido, daqueles de que ninguém se aproxima. Neste caso, procure uma maneira de atrair os corajosos.

54	A amiga

Do homem

É aquela filha-da-puta que lhe conta aventuras sexuais extravagantes que pratica com todo mundo, mas que, como lhe reservou a função de amigo de alma, você nunca vai experimentar. O seu papel é o de ser seu eterno conselheiro espiritual. É visto como **O** amigo. Nem pense em fazer uma tentativa. Nem será ouvido. Será sempre um irmão muito querido, que ela castrou logo no primeiro dia... Aquele a quem disse que amava – como amigo.

Da mulher

É sua eterna opositora, a menos que tenha colocado o olho em você. E então sua condição de amiga (da sua mulher) será cada vez mais esquisita. Sabe das coisas mais íntimas de sua vida, embora você nunca as tenha revelado. Uma mulher amiga de outra pode vir a ser uma combinação explosiva quando se trata de seus interesses sagrados.

A mulher amiga da esposa

Está sempre casada com um sujeito melhor do que você. Ele a leva a lugares melhores e é muito mais amável do que você. Se as comparações são odiosas, confirme-o com a amiga de sua mulher.

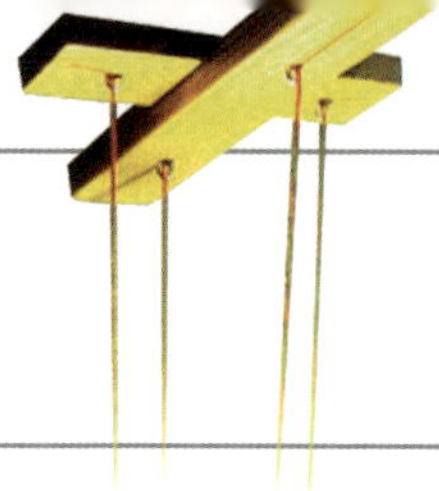

55 A manipuladora

Esta mulher maneja armas perigosas com as quais precisamos ter cuidado. Destacamos aqui uma série de manobras típicas da mulher manipuladora. Se reconhecer alguma delas, fuja!

– Olá, bombom... (*saudação que faz passando o dedo em nosso nariz*).

Estamos aqui diante de uma porrada que vai chegar.

– Quanto você pagou pelo *home theater*? Ah...

Incentivada pela nossa reação e um posterior sentimento de culpa.

– Você sabia que Martín está levando Fernanda a Europa? Odiamos Martín, e ela sabe.

– Não. Eu choro porque a culpa é minha. Você não tem nada a ver. Mas já vai passar. Deixe pra lá, deixe...

– Disse à mamãe que não venha nos visitar para não incomodá-lo.

– Crianças... Deixem o papai em paz... Não vêem que está cansado? Trabalhou o dia inteiro... Nem pôde me atender.

– Você seria capaz de...?

– Meu ex-namorado construiu uma mansão...

56 A bonequinha

Não importa que idade tenha, este tipo de mulher será uma bonequinha durante toda sua vida. Seus modos, sua roupa e até seu estilo de sedução, muito particular, refletem isso. Nas festas da família, fará a delícia das meninas, brincando com elas de igual para igual. É também excessivamente sensível e pode chorar de alegria ou de tristeza diante de qualquer situação. O imaginário masculino privilegia bastante em suas fantasias este tipo de mulher. Se você está interessado em brincar de médico, ataque!

57 A frígida

Não se lembra do que era o sexo. Perdeu toda sensibilidade. Já não inventa nem mesmo as clássicas dores de cabeça. Todos já sabem que é **não** e se você conseguir chegar perto leve uma barra de gelo: será um pouco mais quentinha que esta mulher.

58 A calorosa

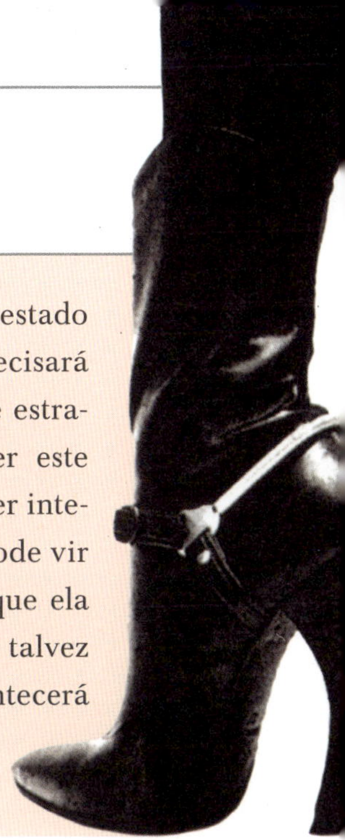

Vive em permanente estado de ebulição. Você precisará conhecer uma gama variada de estratégias para conseguir satisfazer este furacão no cio. Às vezes pode ser interessante. Se você viaja muito, pode vir a ser perturbador imaginar o que ela está fazendo na sua ausência ou talvez excitante imaginar o que acontecerá quando voltar.

59

A pele de cordeiro

Carinha de idiota. De poucas palavras. Roupa nada escandalosa. Aparentemente dócil. Amável. Discreta. Nunca é a primeira da fila. Não usa perfumes provocantes. Mas...

60 A folgada

"Acabaram-se as mulheres que se conformavam com aquilo que os bacanas lhes davam quando eram mesmo bacanas. Hoje só querem vestidos e riquíssimos enfeites, carros conversíveis de capota baixa pra passear pela cidade."

CHAMPAGNE TANGÓ
PASCUAL CONTURSI (1913)

Você a reconhecerá em seu primeiro encontro. Se pedir um cafezinho, ela se dirigirá ao garçom e o inquirirá sobre cafés especiais. Não imagine o que será sua fome se a convidar pra jantar. Estará sempre dependente de sua carteira. Nunca comente diante dela como está bem de vida nem exiba algo que comprou. Não é um exemplar que festejará suas realizações, mas tentará tirar múltiplas vantagens delas. Quando perceber que está manhosa, desconfie, pois estará vindo um golpe.
A palavra "desinteresse" foi erradicada de seu léxico.

61 A pretensiosa

Acha que se casou com um multimilionário – mas seu príncipe mal consegue chegar ao final do mês. Leva-o a se meter em qualquer rolo econômico-financeiro que possa saciar seus apetites. Não conhece limites.

62	A infiel

"Eu a vi passeando de braço dado com outro. Meus olhos choravam de pena e de dor. No entanto, no seu rosto negros olhos riam contentes de felicidade e amor."

VI-A COM OUTRO
Pascual Contursi (1926)

É muito fácil reconhecê-la. Sai com você e cumprimenta afetuosamente qualquer exemplar do sexo masculino que passa na sua frente. Se a convidar a ir àquele motel sofisticado que lhe recomendaram, ficará impressionado ao ver como sabe lidar bem com todos aqueles botõezinhos. Não fique complexado quando ela começar a manejá-los para suprir sua incompetência.

63 A mulher ao volante

Ao ver uma destas, fique com um pé atrás. Sua vida corre perigo. Seu carro é uma espécie de camarim com rodas. O elemento mais importante do automóvel é o espelho, que usará de maneira obsessiva e compulsiva a partir do momento em que entrar no veículo.

Uma mulher ao volante chega ao seu carro e o abre com uma chave que pende de um barulhento chaveiro, se senta, olha-se no espelho, retoca a sua mais do que retocada maquiagem, ajeita os cabelos e liga seu equipamento de som colocando um daqueles CDs pegajosos de música "romântica". Põe seu carro em movimento sem se importar com quem vem ao lado nem com o automóvel que está atrás. Ela força e assim sai da vaga da mesma maneira que entrou. Quando topar com o primeiro

sinal vermelho, será a hora de abrir novamente a bolsa e pegar o primeiro produto de maquiagem que encontrar para fazer um novo retoque. É muito provável que nessa parada perceba que a pintura dos lábios a engorda e decida se apressar até o próximo semáforo, onde esvaziará a bolsa sobre a parte livre do assento do acompanhante iniciando uma procura histérica por todo artifício cosmético que possa resolver sua vida. Não se importará com os motoristas que estiverem buzinando atrás dela. De qualquer maneira, chegará ao destino parecendo uma palhaça e irá ao primeiro banheiro para consertar o estrago. Obviamente, o culpado de tudo será sempre o homem, o sujeito que a apressou a sair de onde estava.

Se o comportamento aqui descrito não coincidir com o exemplar que você está observando e tiver atitudes mais ou menos coerentes, desconfie. Você está diante de um exemplar de machona já apresentado neste manual.

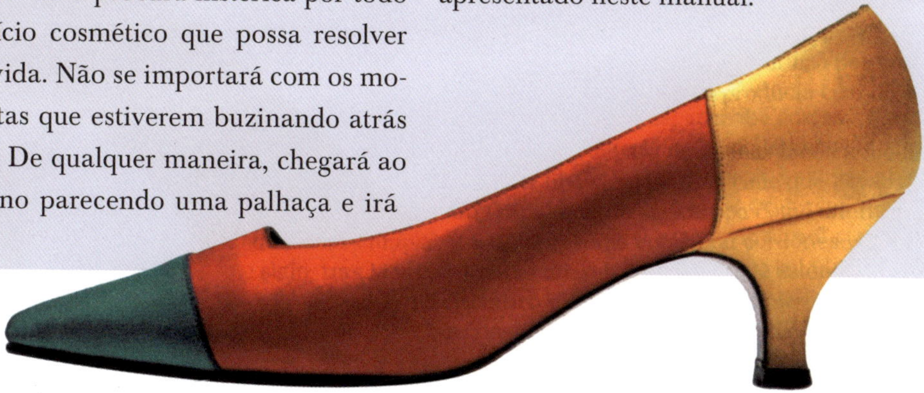

64 A invejosa

Depende de outras mulheres. Eterna insatisfeita. Precisa ter o que a outra tem. Quando vê suas congêneres, faz uma radiografia de tudo o que estão usando. Nunca dá uma informação sobre uma costureira ou uma loja onde há algo barato e mesmo assim vive aflita querendo saber como sua amiga conseguiu a blusa que ela não tem, o relógio que não pode ter e até onde arranjou o marido que está melhor do que o gordinho careca que carrega com ela. A competição a desgasta, mas morre por ela. Precisa alcançar e ultrapassar as outras.

65 A cabeleireira

Saiba que uma cabeleireira pode ter mais influência do que você sobre sua mulher. É conselheira, psicóloga, informante, analista de tendências, nutricionista, cosmetóloga, socióloga, confidente, cozinheira, consultora sexual, especialista em doutrinas místicas orientais, economista... O que mais se pode querer?

66 As mulheres e o samba

Não é por estar na sua presença
Meu prezado rapaz
Mas você vai mal, mas vai mal
[demais
São dez horas, o samba tá quente
Deixe a morena contente
Deixe a menina sambar em paz

Eu não queria jogar confete
Mas tenho que dizer
Você tá de lascar, você tá de doer
E se vai continuar enrustido
Com essa cara de marido
A moça é capaz de se aborrecer

Por trás de um homem triste
Há sempre uma mulher feliz
E atrás dessa mulher
Mil homens sempre tão gentis
Por isso para o seu bem
Ou tire ela da cabeça
Ou mereça a moça que você tem

Não sei se é pra ficar exultante
Meu querido rapaz
Mas aqui ninguém o agüenta mais
São três horas, o samba está
[quente
Deixe a morena contente
Deixe a menina sambar em paz

Por trás de um homem triste
Há sempre uma mulher feliz
E atrás dessa mulher
Mil homens sempre tão gentis
Por isso para o seu bem
Ou tire ela da cabeça
Ou mereça a moça que você tem

Não é por estar na sua presença
Meu prezado rapaz
Mas você vai mal, mas vai mal
[demais
São seis horas, o samba tá quente
Deixe a morena contente
Deixe a morena com a gente
Deixe a menina sambar em paz

DEIXE A MENINA
Chico Buarque (1980)

67 A corna

Admite sua situação porque lhe convém. Não quer ficar sozinha e acredita que depois dele há o nada. Chega até mesmo a achar que seu namorado, noivo, marido, tem uma doença e que ela está ali para ajudá-lo. Compra-lhe belas cuecas para que não falem mal dela. Aceita todas as desculpas e se sente confortável passando por imbecil.

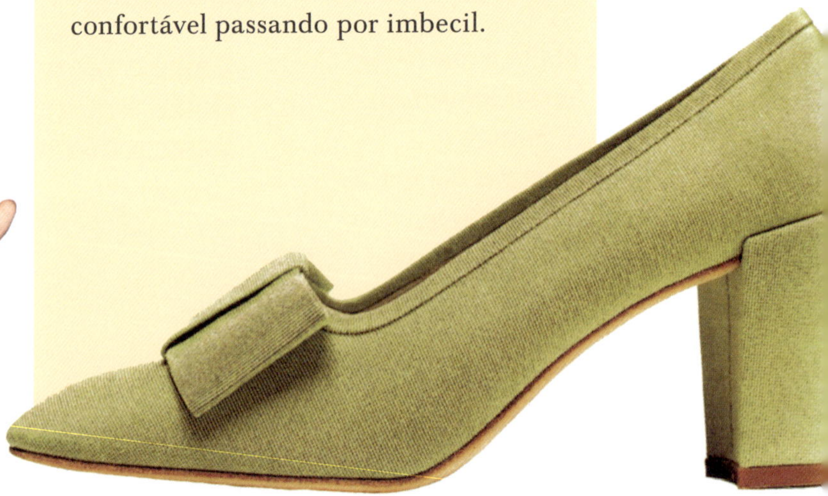

68 A política

Chegam a esse lugar por obra e graça de alguma contingência de natureza feminina, porque carregam um sobrenome ou sabe-se lá por quê. O fato é que estão ali, com suas roupinhas de grife, falando e gesticulando como homens – ficando sérias e levando a crer que sua condição de mulher representa algum tipo de vantagem.

69 A entediante

Não tem assunto próprio. Não ri. Não gesticula. Não tem graça. Não é nada. Adote-a enquanto estiver combinando com seus móveis.

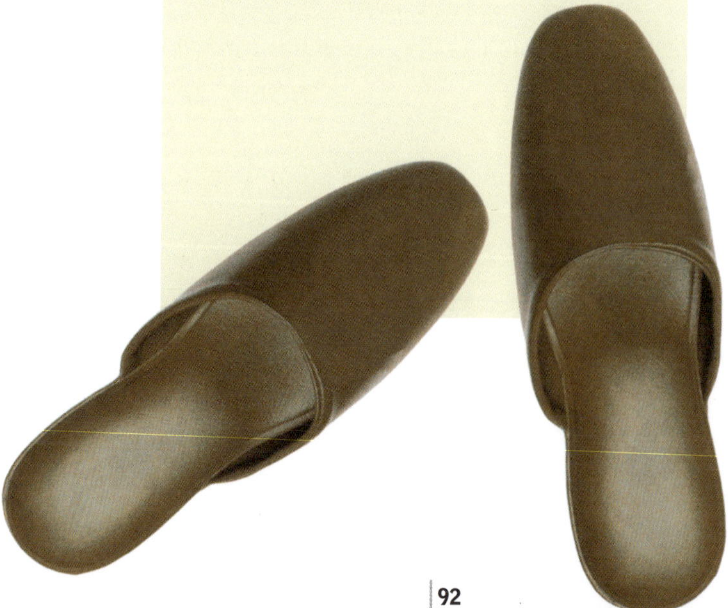

70 A mulher e seu físico

"Segundo as estatísticas, o aumento médio de protuberância das nádegas de uma mulher que usa salto alto é de 25%."

ZAPATOS LINDA O'KEEFFE-KÖNEMANN

Peitões

Aos 11 anos era uma senhorita e aos 15 a estrela da festa. Aos 20 eles começaram a pesar, sim, a incomodar. No começo não conseguia encontrar roupa adequada e depois essa tal magnitude incomodou-a tanto que começou a lhe causar terríveis dores nas costas. Sua primeira gravidez agravou o problema, e agora pede aos gritos uma redução que lhe permita voltar a ver seu umbigo.

Bundudas

O que no começo era um detalhe erótico virou pesadelo. Aquela bunda empinada que no começo de tudo despertava olhares libidinosos masculinos acabou virando um bloco que abriga um mostruário de diferentes tipos de celulite. Se alguém decidir explorar a região, poderá encontrar desde seringas perdidas em uma tentativa frustrada de injeção intramuscular até uma bombacha cujo elástico perdeu a rigidez ao se enfiar naquelas regiões obscuras.

70 A mulher e seu físico

Magras

Espectros. Mostruários de ossos. Desagradáveis evidências do que é não desfrutar a vida. Por aí as magras podem chegar a ser tão filhas-da-puta a ponto de dizer a uma mulher com problema de peso: "*Não sei o que acontece comigo. Como e não engordo.*" Dentro deste grupo de mulheres há dois subgrupos:

a) Magras com bons peitos: situação que pode ser esteticamente interessante.

b) Magras lisas: neste caso, será mais divertido se apaixonar por uma tábua de passar.

Altas

Se você não é um sujeito alto, se aproximar de um exemplar destes pode ser complicado. Embora alguns digam que ao ficar na horizontal tudo se equilibrará, lembre-se de que isto se refere ao momento em que a pessoa passa a viver outra vida. Existem complicações evidentes que dificultam o aproveitamento ideal deste tipo de mulher, mas como o mundo é dos audazes e se o homem chegou à lua por que não tentar uma coisa dessas?

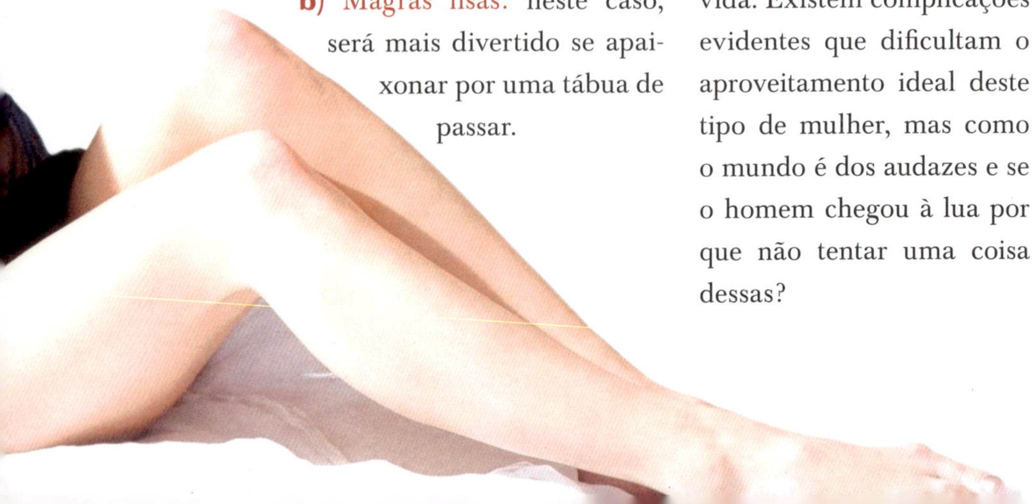

Gordas

Embora objetos de culto para alguns fetichistas, as gordas são tidas como material descartável por esta sociedade. A impossibilidade de se vestir como gostariam ou de se aproximar de exemplares do sexo oposto mais apetecíveis torna-as (em alguns casos) mulheres ressentidas. A observação mais arteira dirigida a uma mulher mais ou menos bonita costuma vir de uma gorda. A piada mais cruel. O comentário mais ácido. Apesar de tudo, tenha piedade da gorda. Recorde que o exemplar que você adquiriu certa vez ao escolher na vitrina das rainhas da beleza pode evoluir até chegar a essas medidas descomunais ao fim de vários partos dos quais você pode ser parte. Se conseguir superar isto, até poderá se apaixonar pela celulite.

Pequenininhas

Costumam roubar roupas de filhas, sobrinhas e outros pequenos membros da família. A pequenininha tem menos peito que um cacto e sua bunda é mais imperceptível do que a bondade de sua sogra. Fará tudo o precisa fazer, mas em diminutivo: quando for a um restaurante, pedirá um franguinho, ao se despedir, dirá "adeusinho", e, obviamente, você será seu amorzinho.

As peitos de tábua

Não são daquelas que diante de qualquer problema "estufam o peito". Pelo contrário; são mulheres que sempre param de braços cruzados e tentam esconder a situação...

71 A que faz tudo a dois

Começou pedindo à amiga que a acompanhasse ao banheiro e acabaram decidindo juntas até a cor da tintura de cabelo. Não toma decisões unilaterais. E assim, minutos antes de um instante de paixão no qual milagrosamente se afastou de sua amiga, estará chamando-a para "compartilhar esse momento".

72 A morta de fome

É a mulher que você convida para jantar e, além de tentar provar o menu completo, devorará toda a cesta de pão com tudo o que contiver e outros acompanhamentos presentes na mesa. Se depois vocês forem experimentar uma situação mais íntima, guardará todos os sabonetinhos do hotel e pode até chegar a levar o papel higiênico com ela. Bem, nem lhe conto o que vai acontecer se algum dia vocês terminarem o casamento: vai tentar arrancar até suas cuecas. Todo cuidado será pouco.

73 A mulher *standard*

Não vai nem vem. Nada a diferencia da massa. Não inova. Não muda. Não existe. Não se destaca por uma curva ou uma careta. É como é: *standard.* Não quer outra coisa.

74 A jornalista

Começou exibindo seu rosto bonito ao lado de um homem e acabou imitando-o. Depois, por algum motivo, subiu na carreira, e os homens começaram a secundá-la. Agora já não se sabe quem imita quem. É exagerada em seus movimentos e no uso da linguagem. Tudo deve ser feito em nome da notícia.

75	A punk

Nas zonas visíveis exibe piercings e tatuagens que o levam a desconfiar de como devem ser as zonas invisíveis. Roupa preta. Lábios pretos. Rude. Árida. Agressiva. Se você não acompanhar seu estilo, dificilmente lhe dará atenção.

76 A maníaca por limpeza

Estas mulheres têm uma tara muito particular e fácil de reconhecer. Quando você entrar na casa de uma delas, o obrigará a praticar patinação sobre ridículas flanelas destinadas a manter seu chão reluzente. É daquelas que se sentam em um bar, pegam um guardanapo e limpam o balcão. Tornam-se perigosas quando avançam sobre você. Não pense que se trata de uma brincadeira sexual quando lhe propõe tomar um banho.

77 A acelerada

Ninguém sabe por quê, mas tudo é rápido. Fala rápido, caminha rápido, gesticula e se move de uma maneira incompreensivelmente veloz. Faz uma insinuação e desaparece de cena. Não devemos confundir a acelerada com a mulher rápida. Isso é outra coisa.

78 A esportista

Se você tem o mesmo vício, eis aí uma companheira. Mas se não for assim, você se sentirá insalubre, gordo e diminuído diante da sua força. Não tente disputar um recorde com ela. Já alcançou todos.

79 A cunhada

Mulher surgida da relação com sua namorada ou esposa. Aos olhos de sua sogra, exibe uma perfeição que a mulher que a sorte lhe destinou não tem por ser influenciada por você. Se ainda por cima é uma solteirona, pode vir a ser um coquetel explosivo que queira arruinar sua vida. Nesse caso, será um pouco melhor se a vida a tiver dotado de algum atributo admirável, o que a transformará, pelo menos, em objeto de desejo.

80	A amante

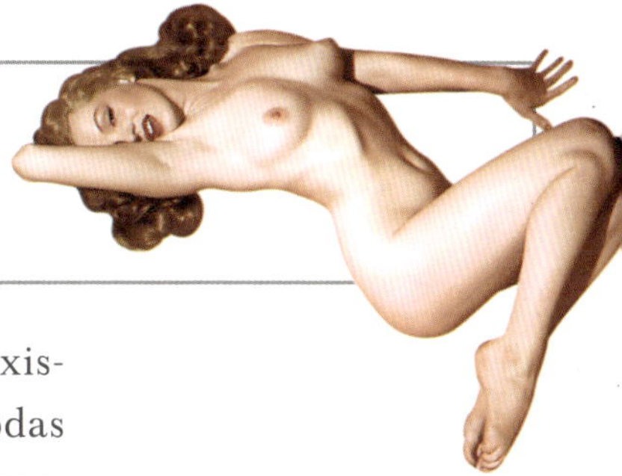

É uma das formas ideais da existência feminina. Recebe todas as honras e privilégios do sexo oposto pela entrega generosa e será reconhecida enquanto for discreta e evitar criar confusões – qualidades difíceis de serem encontradas na maioria das mulheres.

81 A insistente

Você a conheceu um dia. Fez um comentário mais ou menos simpático; depois de um ou dois drinques, disse alguma coisa de que você não se lembra mais, mas ela sim. Em um gesto irresponsável, trocaram telefones. Você jogou o dela fora, mas ela não se livrou do seu e desde esse dia o assédio é constante. Resultado: você vai acabar trocando o número do telefone ou mudando de cidade.

82 A apaixonada

Estado passageiro que pode alterar a psique de uma mulher e fazer com que deixe de ser a pessoa ideal e vire um bicho insistente e insuportável, capaz de telefonar para seu trabalho dizendo que os gladíolos floresceram. Não se deixe invadir por uma destas porque ela alterará sua vida de maneira perigosa. No começo tentará substituir toda a música que você cultuou durante anos por boleros pegajosos; depois, redecorará sua casa e finalmente avançará sobre sua roupa.

83 A depressiva

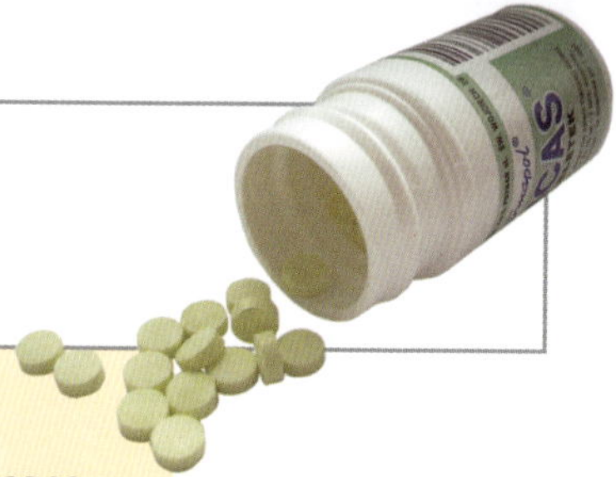

É um personagem que você caça achando que pode ser primeiro um ombro no qual ela pode se apoiar e a partir dali dominar a situação. É um engano. A depressiva é um bicho destrutivo que começará contando-lhe sua depressão, invocando-a, e depois o contagiará.

Se você está procurando uma sofisticada forma de suicídio, convide-a para sair numa tarde de domingo e depois me conte.

84 A puritana

Enclausurou seus sentimentos para todo o sempre. O pecado espreita em todos os lugares e ela se vacina sem parar para não sucumbir à tentação satânica. Deformou tanto sua vida que ninguém a deseja mais. Se você tem uma destas ao seu lado, pode acabar atrofiando seus sentidos mais elementares ou se tornar mais um dos seguidores de Onan.

85 | # A especialista em beleza

Assessora de outras mulheres. Enganadora. Leva-as a se submeter a ridículos tratamentos que pretendem recuperar o irrecuperável. Apesar disso, suas vítimas a obedecem cegamente, se besuntando com cremes asquerosos e adotando os mais disparatados procedimentos. Que não lhe ocorra aparecer no meio de um tratamento. Poderá conhecer o terror de perto.

86 A profissional

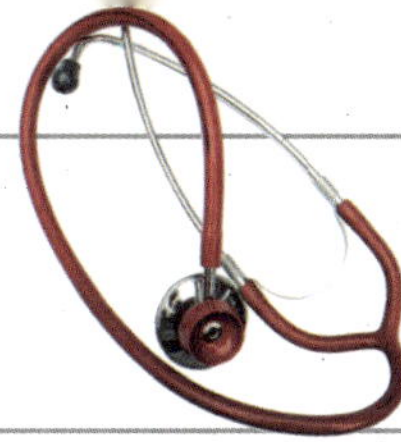

É mais profissional do que mulher. Substituiu todas suas funções elementares pelos papéis que sua profissão lhe impõe:

A advogada

Versão feminina do diabo. Evite-a.

A professora

Alguém lhe disse que era uma segunda mãe.

Resolva seu complexo de Édipo de outra forma.

A enfermeira

Perdeu o nojo de qualquer coisa. Se você precisa que lhe façam uma lavagem... Se estiver querendo uma bela refeição, procure em outro lugar.

A psicóloga

Não acredite que a administração "profissional" de detalhes de sua vida íntima diante dela a levará a fazer parte de seu harém. É até mesmo provável que todas as informações sejam usadas contra você ou, talvez, apresente seu caso como um raríssimo tipo de neurose em algum encontro profissional. Seja especialmente precavido se a sorte lhe destinar uma destas para namorada.

87

A coquete

Tudo deve combinar. Detalhista ao extremo, tem um gosto muitas vezes questionável ou brega. Em algum momento tentará fazer com que você também combine com os móveis. Ou seja: que passe a ser mais um elemento da decoração. Não fique quieto diante dela.

88 A complicada

Tudo o que você decide é exatamente o contrário. Vai brigar com seus melhores amigos. Viverá corrigindo o que você disser ou fizer. Vai envolvê-lo sem parar em problemas. Nunca aceitará nada. Lamentavelmente, quando você descobrir essas qualidades, já será muito tarde.

89 A sogra

Personagem absolutamente prescindível na divisão de papéis no dia da Criação.

Por acaso Adão tinha sogra?

Não. E vivia no Paraíso.

90 A secretária

Foi contratada por seu currículo e também porque estimulava as fantasias de seu empregador. Esta expectativa pode ou não se concretizar; o que de fato acontecerá é que esta mulher acabará virando a protetora de seu chefe. Mentirá por ele. Irá escondê-lo, o venderá a terceiros como se fosse uma pessoa importante e inacessível ao resto dos mortais. Sua relação com ele será de total submissão e, em um certo momento, irá querer que o mundo acompanhe sua tara. A secretária é, às vezes, apenas um objeto de culto de seu empregador e outras tantas objeto de desejo do resto dos homens.

91 A vulgar

É um exemplar que superou todos os preconceitos. No meio de um momento de paixão, pode expelir alguma flatulência que nada contribui para o clímax ou soltar algum grito de guerra zulu com jeito de arroto que o leve a pensar que você tem problemas para manter uma ereção. Para superar o transe se recomenda trocar de mulher.

92	A fina

Olha sempre para você com aquela cara de quem está prestes a dizer: "*Que orrrrrrrr-dináriiiiiiiiiiiiooooooooo!*" Se você vai a um coquetel em uma embaixada (coisa remota e improvável), sua companhia é recomendável. Em outras situações, poderá amargurá-lo.

93 A tapada

É frágil em todos os sentidos. Precisa de ajudas múltiplas. Aquele gesto de cavalheirismo que você lhe dirigiu se traduzirá em uma ajuda imprescindível que ela irá solicitar sempre. Precisa dele para compensar suas dificuldades, para dissimular sua ignorância. Ignorância que jamais se preocupará em superar já que ela acha que lhe cai tão bem... Mais: se preocupa em aumentá-la ou, o que é pior, em exibi-la. A tapada é só isso. Não procure nada além.

94 A invasora

O que começou como um inocente convite a juntar sua vida à dela, terminou sendo um ato de capitulação humilhante. Um dia colocou uma escova de dente no seu banheiro e imediatamente considerou este ato como precursor de um ataque naval que culminou com os bichinhos de pelúcia dela ao lado da bandeira de seu clube favorito e um arsenal de cremes de beleza ao lado das bebidas alcoólicas com as quais você recebia seus amigos.

95 A debutante

Histérica em desenvolvimento. Caprichosa. Ridícula. Apaixonada. É uma explosão hormonal a que nada nem ninguém conformam. Passional ao extremo. Debate-se entre uma infância ingênua e uma idade adulta lamentável.

96 A tagarela

O músculo mais exercitado de sua anatomia é a língua. Não imagine nenhuma canalhice. Só a usa para falar, falar e falar. Quando ligar para ela, tente deixar o fone em qualquer lugar, ir ao banheiro, ler o jornal e voltar a pegá-lo. Verá que não perdeu nada da conversa.

97 A indecisa

Não queira que resolva nada para você. Não a consulte. Não dependa dela para nada. Não pense que será a pessoa adequada para tirá-lo de apuros. A indecisa hesita e não decide. Paralisa. Nem mesmo convide-a para jantar: um garçom ficará parado ao lado da sua mesa durante uma hora e quando trouxer o prato ela lhe dirá: "Você não acha que eu deveria ter pedido outra coisa?"

98	A prostituta

Foi dito até a exaustão que se trata da profissão mais antiga do mundo. Na realidade, mais do que profissão, é um papel desempenhado por uma mulher que sabe como colocar um homem de cabeça para baixo, sacudi-lo e deixá-lo sem dinheiro, paixões e dores.

Embora o serviço seja efêmero, o homem sabe que tem ali uma mulher que não lhe causará problemas enquanto tomar as precauções higiênicas necessárias. A prostituta é para muita gente uma espécie de cabaré freqüentado pelos que perderam a fé.

99 A exagerada

Nunca uma desgraça pessoal será tão grande como a dela. Com ela acontece o melhor, o pior e o mais importante. É uma espécie de revistinha de televisão das mulheres. Se não aconteceu com ela algo tão interessante como a que ouve de outra pessoa, minimizará a história alheia até ignorá-la. Um diálogo com ela é complicado. Suas conversas sempre começam assim: "*Você não sabe o que me aconteceu!*"

100 | As mulheres e o dinheiro

Não é recomendável estabelecer relações com mulheres que envolvam dinheiro. Se este saudável conselho não for levado em conta, o resultado será sempre negativo. Como você deverá convidá-las, toda a despesa sempre correrá por sua conta. A palavra troco não existe no léxico de uma mulher dessas e por isso procure lhe dar sempre a quantia certa. Embora você tenha gestos de generosidade, estará sempre em dívida com ela. O homem terá, eternamente, a obrigação de lhe dar presentes significativos. Ela não tem esse costume.

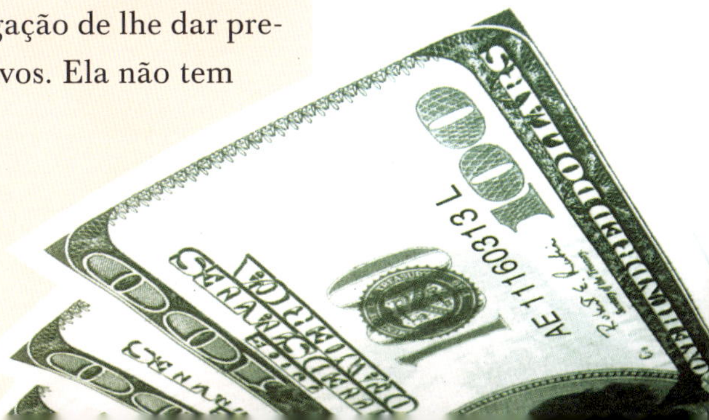

Tratado sobre
MULHERES
foi editado em janeiro de 2009.
Miolo impresso sobre papel offset 120g e capa em cartão triplex 250g, na Gráfica Cromosete, São Paulo, SP.